एक छिपी तस्वीर

काल्पनिक व अकल्पनीय घटना पर
आधारित एक अनसुलझी कहानी

रणवीर चौधरी (खिमेन्द्र)

Copyright © Ranveer Choudhary (Khimendra)
All Rights Reserved.

ISBN 979-888555695-8

This book has been published with all efforts taken to make the material error-free after the consent of the author. However, the author and the publisher do not assume and hereby disclaim any liability to any party for any loss, damage, or disruption caused by errors or omissions, whether such errors or omissions result from negligence, accident, or any other cause.

While every effort has been made to avoid any mistake or omission, this publication is being sold on the condition and understanding that neither the author nor the publishers or printers would be liable in any manner to any person by reason of any mistake or omission in this publication or for any action taken or omitted to be taken or advice rendered or accepted on the basis of this work. For any defect in printing or binding the publishers will be liable only to replace the defective copy by another copy of this work then available.

॰॰

यह कहानी सच्चे प्यार करने वाले के प्रति ही है।परन्तु सच्चा प्यार त्याग भी होता है। एक कहानी भी अगर प्यार करने वाले त्याग करते तो युद्ध की स्थिति नही बनती।दूसरी तरफ अगर प्यार में अंध भक्त बनकर किसी के परिवार का कलह का हिस्सा बनगे तो उसका भी अंत हो जाता है।तीसरी ओर देखते है।त्याग के वजह से इतने सघर्ष के बाद भी प्यार को जिंदा रखे हुए और अच्छे से अपनी अपनी गृहस्थी जीवन को जी रहे है।This story is about the one who loves true love. But true love is also sacrifice. Even a story, if the loved ones sacrificed, then the situation of war would not have been created. Even after the struggle, keeping the love alive and living their family life well.

क्रम-सूची

प्रस्तावना	vii
भूमिका	ix
पावती (स्वीकृति)	xi
1. अध्याय 1	1
2. अध्याय 2	12
3. अध्याय 3	25
4. अध्याय 4	33
5. अध्याय 5	40

• v •

प्रस्तावना

The Hidden Picture एक छिपी हुई छवि जो अगर किसी मनुष्य के अंदर आती है तो समय पर उसका निराकरण नही करने पर एक युद्ध, कलह, या सघर्ष की स्थिति बना देती है। जिससे मनुष्य की जिंदगी या तो बर्बाद हो जाती है या फिर अर्थहीन हो जाती है।प्यार का यँहा पर तीन रूप अथवा छवि प्रकट हुई जिससे समाज मे अराजकता की स्थिति उत्पन्न हुई,दूसरी तरफ प्यार के किसी के पागलपन के कारण पूरा परिवार कलह के काल मे जा समाया।एवम तीसरी छवि में प्यार को अन्तिम स्थिति में न पहुचाने पर दोनों की मिलन भी पारिवारिक वातावरण का माहौल बसा बसाया बिगाड़ सकता था।इसलिए यह छिपा रहना ही उचित था।[]

༄༅

    The Hidden Picture A hidden image that, if it comes inside a human being, creates a situation of war, discord, or conflict if it is not resolved on time. Due to which human life is either ruined or becomes meaningless.
Here three forms or images of love appeared, due to which a situation of anarchy was created in the society, on the other hand, due to someone's madness of love, the whole family got involved in the period of discord. That meeting could also spoil the atmosphere of the family environment. So it was appropriate to keep it hidden.

भूमिका

कहते है कि प्यार अँधा होता है।इसका रोग जिसे लगता है वह सिर्फ कल्पनाओं की दुनियां में विचरण करते रहता है।उसे यह आभास भी नही रहता है कि उसकी इस पागलपन के कारण किसी का नुकसान भी हो सकता है।सत्य तो यह है कि ऐसे लोग अपने आगे पीछे कुछ नही देखता ।केवल उसे अपने मासूका और प्रियतम नजर आता है।काफी उलझे होते है ये लोग।सिर्फ कल्पनाओं की याद में खोए रहते है।कहानी में इसी भ्रंम को दर्शया गया है।अनजाने में एक प्यार में पागल लड़का व लड़की की एक गलती के वजह से किसी का परिवार का परिवार उजड़ गया जिसका इस वाकया से कोई लेनादेना नही था।कहानी की सभी कड़ियों को यथासंभव जोड़ने की कोशिश की गई है।

It is said that love is blind. The one who feels its disease, only keeps roaming in the world of fantasies. He does not even realize that due to his madness, someone can be harmed. The truth is that Such people do not see anything behind them. Only they see their sweetheart and beloved. These people are quite confused. They just remain lost in the memory of fantasies. This illusion is shown in the story. Unknowingly madly in love. Due to a mistake of the boy and the girl, someone's family was ruined, which had nothing to do with this incident. Efforts have been made to connect all the episodes of the story as much as possible.

पावती (स्वीकृति)

T.E.I.E.S

@Copyright Reserved 2015 New Delhi With The Event in Every Street , Gaya , Bihar

THE EVENT IN EVERY STREET
" THE HIDDEN PICTURE "
" एकछिपीतस्वीर "
2022
Notionpress Publication
Chennai

1

अध्याय : 01

“ कुछ्रनगमें “

PART : 01

“ सुक्रियाअदाकरकीअभीजिंदाहो “

रह गयामुँहफ़ारले
पड़ारहागयालेटैले।
आँखफटाकाफटारहगया,
सांसथमीदाँतविदोरतेरहगया।
कोईहगतेरहगया,कोईचलतेगिरगया,
वक्तकातकाजायहरहाकि,
वहस्टेजपेभाषणदेतेरहगया।
ढकोसलायूहांकतेरहा,
मानोमौतसेउसकीयारानाहै,
मौतआयीतोयूँगरगरातेरहगया।
पागलोहँसलोजमानाअपनासमझके,
परजमानालेजाएगातुझेयेनासमझ।
उसीकठघरेमें,मिटीदेनेराखबनाने,
तेरीहीमैय्यतमेंपगलासमझके।।
टूटीखाट,कमर,कमजोरहुईरीढ़कीहड्डी,
फिसलफिसलकर,फितरफितरकर,

झुकीहुईलाठीकोखटरपटरकर।
सफेदजुल्फेपकीदाढ़ी,ठूठसी
पचकेचिपकेधंसेथोपड़ालिए।
कररहातोबेसब्रीसेइंतजारमौतका।
मौतकेबादतोवोखुदकामौत ;
सशरीरदेखसकतानहीतोफिर।
मौतकेरंगमेंइतनाअंतरहोताक्यों,
कहिक्षतविक्षततनहोतातोकहीतनकीहड्डीदिखता
औयबाबरेमनसेमैलनिकाल,
हरसुबहकरलेतूसृष्टिरचताभजन।
नमनकरकीतूअभीजिंदाहो,
सुबहतोसशरीरजिंदाहो।
जिंदाहोतभीतुझेमौकाहै,
सुक्रियाअदाकरकीअभीजिंदाहो।
PART : 02
" प्रभुहाजिरतेरेद्वार "

मेरे प्रभुशिवाडमबाजावै;
नरायणबोलेबमबमबम।
बोलडमबमबमडमडमडम;
ओजयशिवशंकराबमबमबम।
ओजयशिवशंकराबमबमबम;
ॐडमडमॐबमबम।
मेरेप्रभुशिवाडमबजाए;
ॐनमःशिवायबमबम।
मेरेप्रभुशिवाडमबजाए;
ॐनमःशिवायबमबम।
जयशिवाकाजयकारा;
प्रभुनेडमबजापुकारा।

प्रभुहाजिरतेरेद्वार;
द्वारसेनजाऊँॐनमःशिवाय।
मेरेप्रभुशिवाडमबाजावै;
नरायणबोलेबमबमबम।
बोलडमबमबमडमडमडम;
ओजयशिवशंकराबमबमबम।
" The Event in Every Street "
By R K Choudhary
Writer at https://notionpress.com/read/khopdi

PART : 03
" दर्दजुदाईका "

आईमिलनकीबेलातूआरी,
आरीआरीआरीअआआ।
बसीहैतूउउदिलमेंऐसी,
रबभीजुदाकरपाएसमारी,
अआआआरीआरी,
सुनासालगेमनतूकँहाहै, तूकँहाहै,
कहाँहैकंहाँहै।
तड़पतेदिलकोअबतूहीसमझा,
ओबाबलीअबआजाआजा।
मुझेअबहैइन्तेजारतुम्हारी,
बुझनजाएमेरीआस,अबआरी।
तूकहताहैआनेकोमुझको,
परखतानहीआनेमेंमेरी।
दिलजानूओक्याअबबताऊँ,
लगारखाहैपहरादुश्मनहमारी।

हैआसमौलाअबतूकुछकर,
नारहसकूँमैअबउसबिन।
तूकरओतूकुछकर,
राहदिखा, यातूसाँसलेजाहमारी।
मैंसमझनसकामैतेरीमजबूरी,
हायमेराकैसाहैयेमतमारी।
मतमारीमतमारी,आरीआरी।
अअआआआआरीआरी।।

All contents copyright reserved T.E.I.E.S@2015 NEW DELHI.

PART : 04

" कार्यकेधुनमेंमौतकोभुलाजाना "

खो जाताहैइसकदरसभी
जिंदगीकोसवारनेमेंलगेंहैअभी।
कुछनयापानेकीलालसा
हरदिनकीवोव्यर्थआशा।।
सोचकेजीरहेहैखर्चाजुटानाहै,
कलकेकार्यकोआगेबढ़ानाहै।।
कार्यकेधुनमेंमौतकोभुलाजाना,
आमबातहोगईदियाबुझजाना।।
समझमेनहीआताप्यारेमुसाफिरों,
कार्यकरनेकेलिएकामकररहाहै।
याखुदकार्यबननेकेलिए।।
कभीकलमचलतेहुएरुकजातीहै,
कभीमाइकसेआवाजगुमहोजातीहै।।
हँसतेहुएमुँहफटासारहजाताहै,

बोलतेबोलतेशब्दअटकजाताहै।।
पूजाकरतेघण्टीरुकजातीहै,
नहातेहुएबदननंगारहजाताहै।।
साँसएकऐसाअंतरालहैसमयका,
खेलकबकिसकारुकजाएमतलबका।।
ईश्वरकापदखुदईश्वरतयकरताहै,
प्राप्तिसहजनहीइसनश्वरतनमें।
ढोलनगाड़ोंबजालोसफलताकापरचमलहरालो,
किस्मतकाडिंगहॉकलो,गर्वकापराकाष्ठापारकरलो।
मानवकापदखुदमानवहीतयकरताहै
परमौतकारंगखुदईश्वरतयकरताहै।
नजानेवहकौनसीदिव्यप्रज्वलितपुंजहै,
निकलजातीहैतोतनढेलासागिरजाताहै।।
मानवमेंबुद्धिघुसीहैतर्कवितर्कका,
जानवरकीबुद्धिसिर्फपेटभरनेका।।

PART : 05

" कोईहैजोसोगया "

मनवा रेएएए

मनवारेओओए
ओमेरेमनवा
तूकँहाछोड़आयी
अपनीचंचलवासुनरे।
सुनरेसुनरे
सुनरेबावरी
कोईहैजोसोगया,
गहराईमेंखोगया

तूआईनवोछोड़गया,

PART : 06

" मेरे प्यारेदादादादी "

मेरे प्यारेदादादादीजी,
पत्रलिखरहाहूँकिफिरआऊंगा।
आपकेपुत्रकापुत्रबनके,
रिश्तेनातोकेअहमियतसमझाने।
अभीछोटाहूँइसलिएपापाकेसाथहूँ,
अलगनसमझना, मैंआपकेपासहूँ।
बड़ेहोतेहीनजानेक्यों,
पापाकेगुस्सेकोआनपरलेते।
उम्रभरदूरहोकर,नबातकरते,
उनकेदिलपेबच्चेठेसपहुँचाते।
आजकेइंसाजरापैसाकमाते,
रिश्तोंनातोंकोतारतारकरते।
माँबापबच्चोंकोकुछनहीकहते,
बच्चेनजानेउनकेपासनहीजाते।
गमहै,पीड़ाहै,दर्दहै,उलझनहै,
किसबातपेयेलोगअड़ेरहते।
जियाजोझुककेरिश्तेकोनिभाते,
वहीबड़कपनकातामलिया।
एकदिनदादाबनेंगेदादीबनेंगे,
किसीकानानाबनेंगेनानीबनेगें।
वोदादाबचपनकातीनरूपदेखलिया,
पोतोपोतीबेटोंबेटीवखुदकासायाउनमेदेखलिया।
खुदकागलतीक्याहैवोपुत्रोंकोबढ़तेसमझलिया,

बचपनकीनादानीक्याथीवोपोतोसेतारलिया।
जबसबकुछसमझमेआयातोअंतिमक्षणथी,
समझनेवसमझानेकावक्तगुजरगया।
अंतक्षणमेंदुआनिकलतीहै,
सबकोअपनेपासबुलातीहै।
पोतापोतीबनआऊंगासमझाने,
रिश्तेनातोकीअहमियतसमझाने।
Copyright Reserved T.E.I.E.S@2015 NEW DELHI

෨෩

PART : 07
" लड़ाई बचपनकीभाईबहनका "

෨෩

लड़ाई बचपनकीभाईबहनका
 झोंटाझोंटीफेकीफेका;
किताबकॉपीकीसामतआयी
एकउधरफेकायाएकइनेआया।
बिनाटारगेटकासबछितरबितर,
भागाभागीउछलाकूदीफिरसरसर।
एकरूठातोफेकफाककरमुँहबनाया,
रुआंसासाचेहरालेकरफिरआया।
दरवाजाठकटूकठकटूक,
खूबशोरमचाया।
बिगड़ीमम्मीतोऔरऔरबजाया,
डाँटेपापातोधमाचौकड़ीलगाया।
काँचकीगिलासकियाचन,
गुस्साहोगएखूबपनपन।
पापाकागुस्साकीऐसीतैसी,
बालनोच,खींचकरखूबदहसी।

परबड़ेहोतेहीनजानेक्यों,
पापाकेगुस्सेकोआनपरलेते।
उम्रभरदूरहोकर,नबातकरते,
उनकेदिलपेबच्चेठेसपहुँचाते।
आजकेइंसाजरापैसाकमाते,
रिश्तोंनातोंकोतारतारकरते।
माँबापबच्चोंकोकुछनहीकहते,
बच्चेनजानेउनकेपासनहीजाते।
गमहै,पीड़ाहै,दर्दहै,उलझनहै,
किसबातपेयेलोगअड़ेरहते।
जियाजोझुककेरिश्तेकोनिभाते,
वहीबड़कपनकातामलिया।
By R K CHOUDHARY

Copyright Reserved T.E.I.E.S@2015 NEW DELHI

PART : 08

" आई एकैसीमहामार "

आई एकैसीमहामार
फैलीहैकिसकदरसुमार
लगाहैउसइन्तेजारमें,
जोमजबूरकीचाहतनही।
खुशियाँकहिनजरआतीनही
दौड़ेजारहेअनजानचाहमें।
क्यादिनभीदिखलायेंये,
जिसकाकोईटोहहीनही।
नाजानेकबआएगीबहार
खुशियोंसेभरीऐसासंसार।

उऊंउतूउतूऊ
चलहटजातूअबहटजा
तूउउहटटजाआ ;
देतारहताहैतूटेंशनसबको
राहतनहीपाताअबतेरेकारण
चलहटजाहटजातूअबहटटजा
जनतागर्तमेंदेशगर्तमेंपहुँचादिया,
बेड़ासबकीतूनेगर्ककररखदिया
चलअबहटजातूअबहटजा
उउऊंउउ

PART : 09

" हँसतेऔरमुस्करातेजाओ "

दिनभर सिर्फखातेजाओ,
पढ़नेकोबोलेतोनखराकरो।
बकबककरतेजाओ।
नधिननधिननाचतेजाओ।
स्कूलहोमवर्क,ट्यूशनकाहोमवर्क,
मैडमकाभीटास्कपूराकरतेजाओ।
मास्टरोंबोलोंपढ़तेजाओ,
होमवर्कभीलातेजाओ।
सटपटसटपटआतेजाओ,
ससरसरसरपटजातेजाओ।
पढ़ीपढ़ीयादकरतेजाओ,
कखगघङचछसुनातेजाओ।
रिपरिपरिपटिपटिपटिपटो,
टकाटकाढीकचकटकपकटपटप।

एक छिपी तस्वीर

1 2 3 4 to 10,
पढ़पढ़पढ़पढ़तेजाओ।
A B C D to Z पढ़तेजाओ,
परीक्षामेंआऊअलआतेजाओ।
बच्चोंखेलनेकेसाथसीखतेजाओ,
गीतसँगीतडाँसकरतेजाओ।
हँसतेऔरमुस्करातेजाओ,
कभीनरोउगानागातेजाओ।

༄

PART : 10
" एकसमासदाबहारकीबांधदी "

༄

चाय सूंड़सूंड़करपीनेमेंमजाजोआताहैसाथमेतेरे,
उसकेबादतुममुस्करातीहो,प्यालीचायकीहाथमेलिए।
मेरीसूंड़सूंड़,तेरीसिवसिवसीकीआवाजने,
एकसमासदाबहारकीबांधदी।
चायकीचुस्कियोंहमदोनोंकोतरोताज़ाबनादिया।
औरफिरचुटकीबजातेमुँहसेयहतरानानिकली।
मुस्कीमुस्कीमुस्कीमुस्की,
चुस्कीचुस्कीचुस्कीचुस्की।
आहचुस्कीचुस्कीआहचुस्कीचुस्की,
चायकीचुस्कीचुस्की,
चायऔरतुमफिसकीफिसकी।
हमदोनोंकेबीचनआयो,
नलूँगारिस्कीरिस्की।
यँहासेजाओअभीखिसकीखिसकी।
चायऔरतुममूड़मेंहैमुस्कीमुस्की।
All contents are copyright reserved T.E.I.E.S@2015.

रणवीर चौधरी (खिमेन्द्र)

****

2

अध्याय : 02 :

" अनसुलझीपहेली "

राजु का वह पहला कॉलेज क्लास था , नए नए चेहरे दोस्त बन रहे थे। उस अनजान जगह पर अनजान लोगों की भीड़ में वह अकेला महसूस कर रहा था।फिर भी नई उमंग के साथ अपनी कॉलेज को जॉइन करना चाहता था।इसलिए पुराने साथी पीछे रह गए थे। उसके वर्ग में अनेक लड़कियां थी ,जो अलग अलग चेहरों के साथ खूबसूरत लगती थी।लेकिन वह पढ़ाई के साथ साथ मस्ती भी करना चाहता था क्योंकि यह कॉलेज जीवन फिर नही आने वाली थी। और भी साथी बने सूरज,राजेश,सुजीत,धर्मेंद्र, रविश, अर्चना,अमृता, आशीष,सुधा,नेहा,शीतल,सबाना,सोनी,स्वेता, आरती,सौरभ, स्नेहा,विजय,पूजा,सुमित,अजय,दिलावर,योगेश ,सलोनी,अंजलि , आदि। मगर उसकी कॉलेज जीवन एक कल्पना बन के रह गई। क्योंकि घर का पारिवारिक कलह ने उसके कॉलेज जीवन को भी सुनसान बना दिया।उसके घर मे या फिर घर के पड़ोसी के साथ अक्सर लड़ाई झगड़ा हुआ करता था। फिर भी वह कॉलेज की कम से कम डिग्री हासिल करना चाहता था , ताकि जीवन मे कुछ खाने पीने की व्यवस्था किसी व्यवसाय या सेवा से हो सके। इसलिए इसका मुख्य लक्ष्य था : कॉलेज की डिग्री हासिल करना।और वह इधर उधर के वस्तुओं से दूर होता गया।उसकी कॉलेज सुनहरी दुनिया छूट रही थी।राजु के घर के सामने

ही पड़ोस घर में एक खूबसूरत लड़की रहती थी नाम था सलोनी । वह अक्सर राजु को घुमा करती थी। कभी आँखों से इशारा करती तो कभी मुँह भेसाती। गोरी होने के साथ बड़ी हँसमुख भी थी।पर राजु को कभी उसपर प्यारवाला फीलिंग नही हुआ।इसलिए नजरअंदाज किया करता था।सलोनी के परिवार वालो से भी अक्सर किसी न किसी बात पर राजु की माँ - भाई झगड़ा कर लेते थे। इसलिए राजु सलोनी को भी अपना हितैषी नही समझता था। परंतु कभी कभी ताक झाक राजु उसके घर में कर लिया करता था।राजु का एक तीसरा भाई था उसका नाम था : कुमार ।वह अभी इंटर कॉलेज में पढ़ रहा था।और जिस कॉलेज में वह पड़ता था वही एक लड़की से कुमार को प्यार हो गया था।लेकिन कुमार राजु जैसा नही था।उसकी विल पॉवर उतना मजबूत नही था।इसलिए कुमार और उसकी प्रेमिका (आँजली) जल्द एक दूसरे से मिलना जुलना शुरू कर दिए।आँजली के परिवार वाले इस बात से बेखबर थे।परंतु कुमार का आँजली के घर आना जाना लगा रहता था।आँजली के परिवार वाले बच्चे समझकर नजरअंदाज कर दिया करते थे।कुमार का दोस्त पप्पू था , जो उसका सबसे करीबी दोस्त था।उसे कुमार के बारे में सब पता रहता था।पप्पू का घर आँजली के घर से थोड़ा दूर ,उसी के सड़क के बगल में था।इसलिए कुमार और पप्पू दोनो अक्सर एक ही जगह पप्पू के घर पर ज्यादा समय बिताते थे।आँजली के पापा एक बहुत बड़ा गुंडा था , उसके बहुत truk ,बस, सवारी व मालवाहक वाहन चलते थे और उसके एक परिवार वाले के यँहा सिर्फ बसों की भरमार थी।आँजली के भी एक और बड़ी बहन थी जिसका अफ़ेयर एक प्रमुख के बेटे से चल रहा था।प्रमुख अपने बेटे के इस कारनामे के कारण थोड़ा भयभीत थी, परन्तु हिम्मत बांधकर कर टुन्ना सिंह से बात करने गये। परन्तु टुन्ना सिंह (आँजली के पापा) ने उसके इंटरकास्ट रिश्ते को मन से कभी स्वीकार नही किया।लेकिन उस समय समाज में प्रमुख की लोकप्रियता होने के कारण राजी हो गया था।बाद में टुन्ना सिंह ने उसे लड़के (प्रमुख के बेटे) को मरवा दिया। राज के घर से काफी दूर बाधार में उस प्रमुख की बेटे की लाश पड़ी थी।सभी लोग उसे देखने के लिये उमड़ पड़े थे।राजु ने देखा कि उस लाश के कनपटी में गोली मार दी गई हैं।खोपड़ी पूरा फटा हुआ

था।सारा मस्तिष्क का मजा बाहर निकल रहा है। उसके कपड़े बैर के पेड़ में लटक रहा था।जूते कहीं दूर खेत मे बिखरे पड़े थे।इतना बेहरमी से उसे मारा गया था कि लाश की पहचान नही हो रही थी।प्रमुख को जब पता चला तो रोते बिलखते उस जगह पर पहुंची।सारा इलाका पुलिस से भर चुकी थी।लाश को पुलिस पोस्टमार्टम के लिए उठा कर ले गई।प्रमुख की पत्नी बार बार यह कह कर दहाड़ मार मार कर रो रही थी कि बेटा तुझे समझा रहे थे।बेटा छोड़ दे उस लड़की को।छोड़ दे।मगर नही समझा।देख तेरी यह हालत ! क्या कर दी इनलोगों ने।प्रमुख ने और इंस्पेक्टर ने टुन्ना सिंह के खिलाफ एफआईआर लिखे , मगर सब बेकार साबित हुआ क्योंकि टुन्ना सिंह कोई मामूली आदमी नही था उसका पकड़ सीधे मुख्यमंत्री के साले से था। मुख्यमंत्री के साले का बहुत सारे क्रिमिनल का कनेक्शन था।उसमें एक यादव जी भी थे जो टुन्ना सिंह के इलाके का विधायक था।इसलिए प्रमुख का कुछ नही चला और वह केस ठंडे बस्ते में चला गया।इसलिए वँहा के लोगो मे पुलिस प्राशासन के खिलाफ काफी रोष था , जो धीरे धीरे एक बहुत बड़े घटना की ओर ले जा रहा था। इस घटना के बाद प्रमुख के बेटे की प्रेमिका का शादी सेट कर दिया गया था।और उस लड़की पर कड़ा निगरानी रख दिया गया था।मगर शादी के दिन ही उसने जहर खा ली , जिससे उसकी मौत मण्डप में ही तड़प तड़प कर हो गई।राजु का सोच इन सारी घटनाओं के कारण लड़कियों के बारे में और प्यार के बारे में एकदम नेगेटिव हो गया था।इसलिए इन सबो से दूर ही रहना चाहता था।इधर कॉलेज में लगातार क्लास चल रही थी। कॉलेज की क्लास में सलोनी बहुत राजु के बारे पूछती रहती थी।राजु को भी वह अच्छी लगती थी मगर वह ये सब लफड़े में नही पड़ना चाहता था।इसलिए राजु बहुत कम बात करता था।कुछ समय पश्चात सलोनी को किसी और लड़के से प्यार हो गया।राजु भी ये सब सारे घटनाओं को गणना करते रहता था कि क्या जिंदगी है।कोई है जो प्यार के लिए मर मिट जाता है और कोई छोड दूसरा पकड़ लेता है।मगर राजु को इससे कोई फर्क नही पड़ा।लेकिन अचानक एक दिन राजु अपने कॉलेज मेष में खाना खाते हुए मोबाइल देख रहा था कि मोबाइल पर एक मैसेज आया।खाना खाने के बाद जब मेसेज को पढ़ा तो आश्चर्यचकित रह गया

। उस सन्देश में लिखा था : ये राजु ,तुझसे मैं क्या कहूं जब तुम मेरे इशारे को समझ ही नही पाया।अब बताओ मैं किसके सहारे जिऊँ।दर्द दे दिल कँहा बयां करू , कँहा जाऊं । अब राजु के मन मे तरह तरह के सवाल व कारण पनपने लगे।राजु ने उस नम्बर पर फोन किया तो स्विच ऑफ बताया।अगले दिन वह कॉलेज के हर उस लड़की को शक के नजर से घूरना शुरू कर दिया जो उसे देखते थे या राजु जिसे पसन्द करता था । इसके अलावे उसे स्कूल जीवन की अधूरी कहानी के तरफ भी ध्यान आकर्षित किया। मगर कोई परिणाम नही निकल रहा था।सबके माथे पर प्रश्नचिन्ह लगा हुआ था, जैसे वह हमें देखकर आठठाहस कर रही हो।खैर समय आगे बढ़ता गया।

৩

    इधर घर से एक और बुरी सूचना आई।उस समय राजु कॉलेज होस्टल में ही था। सूचना फोन पर आया कि बगल वाले पड़ोसी से बहुतों जोड़ के झगड़ा फसाद हुया है जिसमे भाई भी घायल हो गया है ।माँ को भी चोट लगा है।जब राजु आनन फानन में घर पहुंचा । वँहा किसी ने पुलिस को यह झूठी खबर कर दी कि घर पर घुस कर जबर्दस्ती करने वाला अभी घर आया हुआ है।पुलिस तुरन्त अपना जीप निकाला और घर की ओर बढ़ गया।परन्तु इन सारी घटनाओं से अनजान राजु उल्टा पुलिस के पास दूसरे रास्ते से जा रहा था। राजु जब पुलिस चौकी जाकर पड़ोसी के खिलाफ मुकदमा दर्ज करने जा रहा था तभी वँहा राजु के पापा को हथकड़ी के साथ पुलिस लेकर पहुंची।राजु के पापा ने इशारा करके तुरंत राजु को समझया की तुम यँहा से निकलो और किशोर चाचा को यह बात बताओ।राजु चुपचाप वँहा की स्थिति को भांपते हुए निकल गया ।थोड़ी दूर निकला ही था,की पुलिस को बात करते हुए राजु ने यह सुना कि रेप करने वाला भाग गया । राजु का तो सर् ही चकरा गया।फिर वह वँहा से दूर निकल गया और किशोर चाचा को फोन पर सारी बात को बताई । इसके बाद चाचा ने अपने बहनोई जी को फोन किया । बहनोई जी मुख्यमंत्री का करीबी था।तुरंत वँहा से फोन आया थाने में ।और पूलिस वाला भी खूब सुना।गलती कोई करता है और सजा किसी और को

देते हो।तुरन्त ससपेंड कर दिया गया।क्योंकि enquary के लिए राजु के कॉलेज भी पुलिस गई थी जँहा कॉलेज प्रशासन ने सारी सच्चाई से पर्दा उठाते हुए निर्दोष बताया।इस प्रकार राजु के परिवार वाले एवम उसके चाहने वाले भी इस पुलिस रवैये से दु:खी हो गए।मोबाइल पर आए मेसेज ने उसे और आंतिकीत कर दिया । उसे उस संदेश को समझने में थोड़ा कंफ्यूजन हो गया और कॉलेज के ही किसी लड़की बारे में सोचने लगा की : हो सकता है की कॉलेज का ही कोई मजाक अथवा प्यार वाला पागलपन कर रहा है। हो न हो कॉलेज से ही कोई शरारत किया हो ।मगर पुनः जब घर के फोन पर भी दुबारा मैसेज आया तो घर पर राजु के माँ ने राजु को तुरंत घर पर बुलाया।और मोबाइल पर आए मैसेज को पढवाया ।पढ़ने पर लिखा था : अभी तक कोई जवाब नही मिला।और मैं कितना इंतेजार करूँ।मैं तेरा नही तो किसी और का भी नही।मर जाऊंगी पर तुझे न भूल पाऊँगा।अब न तड़पा। तुम्ही बताओ इस मर्ज इश्क की दवा लाऊं कहाँ से।

༶

राजु का होश ही उड़ गया।क्योंकि वह अब परिवार वालो के संदेह के घेरे में आ गया था।मगर सच कुछ और था क्योंकि राजु के साथ ऐसा कुछ नहीं था , वह बेकार में अनजाने में सब पर शक किये जा रहे था ।राजु ने पुनः मैसेज वाले का नम्बर नोट किया और वापस कॉलेज चला आया।वँहा उसने बिना सोचे समझे अपने क्लास के अनजान लड़कियों को घूरने लगा और समझने की कोशिश करते हुए बोलने का ठान लिया और अगले दिन एक लड़की को टारगेट करते हुए नजदीक जाकर कुछ बोलने के लिये सोच लिया था।अभी राजू के मुह से मात्र एक ही शब्द निकला ही था कि : स .... । मगर तभी उस लड़की के तरफ से आवाज आया : सुधर जाओ। तुम्हेँ बहुत दिन से देख रही हूँ। ऐसा कुछ नही है ,परेशान मत करो। और झिल्लाकर बोली : जाओ यँहा से ।शायद सामने खड़े किसी लड़के को वह कह रही थी । मगर सब उल्टा हो गया।कॉलेज में ऐसे लड़के होते हैं जिन्हें किसी लड़की से प्यार होता है।मगर वह सच नही होता ।ये सब से अनजान राजू सभी लड़कियों की रेकी करने के

बाद यह निष्कर्ष निकाला कि वह गलत था। दरसल सलोनी नामक की लड़की से यह सारी घटना मैच तो कर रही थी ।परंतु सलोनी के पीछे कोई और राजु नाम का लड़का पीछे पड़ा था और आज के ही दिन उसे कॉलेज के गार्डेन में प्रपोज के लिए बुलाया था।सलोनी और उनका सहेली उस गार्डेन में फूलों के साथ इठठखेलिया तो कर रही थी। परन्तु किसी और का इन्तेजार में।तभी अकेले पाकर राजु ने पीछे से जाकर बोला : - स.......????। मगर उसी समय उसका दोस्त आ गया और गुलाब का फूल देकर अपना प्यार का इजहार किया। फिर दोनों खुशी के साथ वही घूमने लगे । मात्र एक शब्द तो बोला ही था कि सारा माजरा सामने आ गया कि उधर से एक और लड़का आया और उसे फूल देकर चला गया।उस दिन शायद कोई खास दिन था। जिसे वेलेंटाइन डे कहते है। शायद वह लड़की बेचारे राजु का वह शब्द भी नही सुन पाई होगी।राजु भी सठिया के रह गया।रात भर माथा खुजलाते रह गया।कि वह क्या करके आ गया।सभी दोस्तों ने राजु का मजाक बना के रख दिया।मगर राहत उस समय मिली जब सलोनी के साथ किसी अन्य जगह पर दोनों के साथ मे देखा।असलियत जानने के बाद राजु कई बार उस लड़की को समझाने की कोशिश करता रहा । मगर उसने भी अपने एक चहेते में राजु को शामिल कर लिया।और राजु को देखकर मुश्कराते हुए मजाक बनाते रही। शायद तुम कुछ बोलने वाले थे । मगर क्या ?? सभी दोस्तों ने भी राजु का उसके साथ जोड़कर मजाक बनाते रहता। राजु उस मैसेज का राज जानने में हार रहा था।कुछ दिन बीतने के बाद राजु अपने कॉलेज क्लास और exam में रम गया।अचानक फिर एक दिन घर के मोबाइल पर मैसेज आया।राजु को फिर बुलाया गया।अबकी बार पिटाई भी हुई।राजु बहुत गुस्सा हो चुका था।अबकी बार मे मैसेज में लिखा था : राजु यह राज सीने में लिए मैं कैसे मर पाऊंगी।इस मर्ज की दवा कँहा से लाऊंगी। अब राजु काफी परेशान हो गया।उसने एक प्लानिंग की और मार्केट से दो नए सिम लिए । एक relience का था और एक airtel का।उसने मैसेज आये हुए नंबर पर मैसेज करना शुरू किया।जिसमें लिखा था : " जान कर अनजान बनना आपसे सीखे और अब याद आयी तो मेरा पता पूछने लगे।इतना भी कमजोर मत बनो" । और यह संदेश दिन भर में दो बार

जरूर दुहराता । कभी न कभी तो वह संदेश पढ़ ही लिया जाएगा। यह सोचकर राजू लगातार प्रयास करता रहता । इस प्रकार परिवार वालो का शक और कॉलेज के दोस्तों का मजाक ने राजु खूब उकसाया।फिर कुछ दिन बाद मैसेज आना कम हो गया ।परन्तु किसी अनजान नम्बर से कॉल आना शुरू हो गया।धीरे धीरे रात्रि में, सुबह नाश्ते के समय,शाम के समय बात होना शुरू हो गया।इधर घर पर तीसरे भाई ने बड़ा उत्पात मचा रखा था।और कुछ दिन बाद उलूल जुलूल काम करने लगा।एक दिन राजु के कॉलेज भी आया था।शायद उसके मन मे कुछ चल रहा था। वह उस दिन खासकर कुछ बोलने के लिए आया था , मगर राजु समझ न सका । और वह मन मे ही रहस्य को दबाकर चला गया। इधर सभी को लग रहा था कि कॉलेज का ही कोई लड़की होगी।राजु भी वही समझ रहा था।परन्तु लाख कोशिशों के बाद भी रहस्यों से पर्दा नही उठ रहा था।कुछ दोस्तों ने राजु का कनेक्शन उस अन्य राजु के सखी से भी जोड़ कर देख रहे थे।और शायद दोनों राजु के आड़ में कोई मजे लूट रहे थे।अब इन सारी बातें को दोस्तों के समझाने के बाद भी मानने को तैयार नही थे।परन्तु एक बार भी राजु के उन दोस्तों को नही लगा कि जिससे राजु बात करता है वह लड़की राजू के सामने क्यों नहीं आती।अब तो कॉलेज भी समाप्त होने वाली है।दोस्तों को छोड़िये खुद राजु भी नही समझ पा रहा था कि ये क्या हो रहा है फिर सभी को नजरअंदाज करते डिग्री हासिल कर ली।अब राजु को बाहर किसी नौकरी के लिए जाना था इसलिए उसने दिल्ली बेस्ट समझा और दिल्ली के लिए निकल गया। मगर वँहा भी वह कॉल और संदेश करना नही छोड़ी । सब गड़बड़ हो रहा था। राजु का तीसरा भाई मेंटली परेशान होने लगा। राजु के परिवार वालो ने राजु को वापस घर बुलाकर उसके भाई की स्थिति से अवगत कराना चाहते थे । इसलिए वह बीच मे वापस घर गया ।जब वह घर पहुंचा तो देखा कि भाई पूरी तरह से मानसिक तनाव से जूझ रहा है । पूछने पर वह कोई जवाब नही दे रहा है। अब कुछ माजरा समझ मे आ रहा था । परन्तु उस माजरा को राजु सुलझा पाता कि उसे कोचिंग क्लास के लिए बुलावा आने लगा और वह पुनः तैयारी के लिए दिल्ली चला गया । वँहा जाते ही मोबाइल को बंद कर उसे एक बैग में डाल दिया और घर

पर अपने डेरा और कोचिंग संस्थान का नंबर दे दिया। परन्तु होनी को कौन टाल सकता है। कुछ ही दिन हुए थे राजु को घर से सूचना आई कि उसका तीसरा भाई का किसी दुर्घटना में मृत्यु हो चुका है। मोबाइल on किया तो तो घर से बहुत सारा कॉल आया हुआ था। उसका दिल थम से गया।वह अचानक से गिर पड़ा। फिर कुछ देर बाद सम्भलते हुए , वह तुरन्त घर फोन लगाकर बात पूछा : बात सही था। वँहा से तुरंत डेरा लॉक कर एवम सस्थान में सूचित कर निकल दिया। वह जल्दी से घर आया। छठपूजा होने के कारण ट्रैन भी काफी देर पहुंची। जबतक उसके भाई का दाहसंस्कार हो चुका था।पुलिस ने राजु को थाने बुलाये क्योंकि राजु के पापा मम्मी बुरी तरह से सदमें जा चुके थे।राजु की मम्मी तो पूरी तरह से अपना आपा खो चुकी थी।राजु जब पुलिस स्टेशन पहुंचा तो उसने तीसरे भाई के कपड़े से पहचान कर पुष्टि कर दिये।सभी लोग और भी रोने कल्पने लगे।राजु बुरी तरह से रो रहा था। वह अपने आप को दोषी समझकर लगातार रोता जा रहा था कि काश मैं भाई का मानशिक कटुता को समझ पाता । काश कुछ दिन ठहर कर सभी माजरा को समझ पाता । अब राजू को कुछ शक उस मैसेज पर ज्यादा जा रहा था।क्योंकि इस घटना के बाद राजु अपने भाई के दोस्त पप्पू से भाई की इस घटना के बारे में जानना चाह रहा था तो पता चला कि वह किसी आँजली नाम की लड़की से प्यार करता था जो उसी के मुहहले का टुन्ना सिंह यादव की बेटी थी।परन्तु ऐसा कुछ पप्पू को समझ मे नही आ रहा था कि वह किसी बस के नीचे आकर अपना जीवन समाप्त कर लें।राजु के भाई को शायद उसी आँजली के पिता व भाई आदि ने एक दुर्घटना का शक्ल देकर मरवाया दिया था।मगर यह घटना एक दुर्घटना बन कर ही रह गई क्योंकि राजु के पापा का दूसरा रूप भी आ चुका था।सारी घटनाओं को जानते हुए भी उन्होंने दुर्घटना का मुवावजा लिए और केस को रफ दफा करवा दिए।राज पुनः नौकरी की खोज व तैयारी के लिए दिल्ली चला गया।लेकिन उस इलाके में घटनाओं का शिलशिला थम नही रहा था। वँहा से बार बार लगातार मुहल्ले भयंकर स्थियों की सूचना आ रही थी । शायद पूरी सत्ता ही गन्दा हो चुका था।एक दिन उस इलाके के लोगों ने अपने अपने ही एक्शन लेने शुरू कर दिए।उस दिन का बड़ा भयावह

दिन था जब वँहा के थाने को पुलिस प्रशासन के साथ पूरे थाने को ही आग में झोंक दिया गया था।सारा थाना धू धूं कर जल रहा था।दंगे की स्थिति बन चुकी थी ।नए वाले थाने को पूरा नक्सलियों ने बम से उड़ा दिया। पूरा इलाका दहल चुका था। दंगो ने भयावह रूप ले चुका था । पूरा इलाका मिलिट्री कंमांडो से भर गया। चारो ओर अफरा तफरी मच चुका था।धारा 144 लग चुका था । सभी जगह नाकेबंदी कर दिए गए थे।चारो ओर कोहराम मचा हुआ था।इधर एक घटना और कुछ दबंग लोगों ने कर दी जो इस घटना को आग में घी देने का काम किया।उस इलाके के एक कॉलेज में एक दबंग के बेटे ने एक प्रोफेसर के लड़की के साथ कॉलेज परिसर में ही जबर्दस्ती कर दिया और बड़ी बुरी तरह से उसके प्राइवेट पार्ट में डंडे घुसेड़ दिया था जिससे उड़की मौत वही हो गई।जिससे पूरा पब्लिक गुंडो में तब्दील हो गया और उस दबंग के बेटे को वही जिस जगह पर जबर्दस्ती किया था वही उस दबंग को घेर कर आग के हवाले कर दिया।सबके सामने वह चिल्लाता हुया आग में जल रहा था।लगभग सभी जगह खूनी खेल हो रहा था ।अत्याचार का चरम सीमा पार चुका था इसलिए अधिकतर लोग नक्सलियों में तब्दील हो चुके थे।टुन्ना सिंह की बेटी आँजली खुद से फाँसी लगा अपनी इहलीला समाप्त कर चुकी थी क्योंकि कहि न कही वह भी अपने को दोषी समझ रही थी।इधर प्रमुख ने भी अपनी मौका का फायदा उठाते हुए टुन्ना सिंह के गैंग का सफाया कर दे रही थी।राजु के घर के सामने वाली लड़की को कुछ लोगों ने मिलकर रेप कर चुके थे।उसके सारे परिवार को लोगों ने मारकर भगा चुका था क्योंकि उस परिवार पर भी टुन्ना सिंह का सपोर्ट था इसलिए वह भी लोगो के गुस्से का शिकार बन चुकी थी।धीरे धीरे यह दंगा हिन्दू से मुस्लिम तक पहुंच कैसे पहुँच गई किसी को पता भी नही चला।चारो तरफ मार काट,जबर्दस्ती, खून खराबा चल रहा था वँहा के स्थिति वँहा के SP और कंट्रोल बोर्ड के नियंत्रण बाहर हो चुका था।केंद्र सरकार पूरी शख्त हो गई।तुरंत वँहा का DM, SP आदि को बदल दिया गया। देखो और मार दो की घटना शुरू हो गया।सभी लोग घर छोड़ कर भागने लगे।लगभग सभी गुंडे का सफाया करने का ऑर्डर आ चुके थे, मगर राज्य सरकार का दख़ल के कारण काम करने में कठिनाई हो रही

थी।इसलिए केंद्र सरकार ने राष्ट्रपति शासन लगाकर पुनः चुनाव कराने की एलान कर दिए । टुन्ना सिंह के सभी लोग दूसरे जगह छिप के रहने लगे थे।और उस इलाके के सताए लोग भी कही दूसरे जगह सुरक्षित होकर अपने को नक्सली बन चुके थे।टुन्ना सिंह एवम उसके साथी लोगों ने एक बड़ी घटना का अंजाम दे डाला ।जिस गांव में उस इलाके के लोग छिपे थे उन्होंने वँहा जाकर औरतों, बूढ़े,बच्चों, जवान आदि लगभग सभी को जो वँहा मौजूद थे मार काट मचा दिये।सैकड़ों लोग का लाश इधर उधर भिखरे पड़े थे।यह घटना कैसी घटी यह भी रहस्य ही रह जाता , परन्तु इसका सूचना देने वाला भी वही निकला जिसने एक बार राजु के परिवार को थाने में बुरी तरह झूठे मुकदमे में फसाया था।यह खबर मिलते ही बचे नक्सलियों के दिल मे आग लग गई। अब एक रंजिश और होना बाकी था।कुछ दिन बाद वह झूठे मुकदमे में फंसाने वाला परिवार के एक बेटे का दुर्घटना में मौत हो गया।एवम मुकदमे करने वाले का भी दुर्घटना में शरीर लुल बन गया।उसकी बेटी भी किसी बीमारी से मारी गई। उसके दमाद ने अपने आपको को किरोसिन उड़ेल कर आग के हवाले कर दिया।इसके इस करतूत से बहुतों का जान चली गई।उन निर्दोषों औरतों, बच्चों, बुढो का हाय उसे लग चुका था। कहते है न कि जो जैसा करता है उसे ईश्वर वैसा ही सजा देते है। इसलिए सभी को उस ईश्वर से डरना चाहिए क्योंकि उसके मार में कोई आवाज नही होती है। बस सब काल के गाल में समा जाते है । इसलिए सभी को हमेशा सबो के साथ मिलकर रहना चाहिए और किसी के साथ गलत नही करना चाहिए । इधर बचे हुए नक्सलियों ने एक योजना के तहत छपामार लड़ाई कर पूरे टुन्ना सिंह गैंग को मार काट कर दिया जिसमें भी ढेर सारे औरतों, बच्चों, बूढ़े मारे गए।बहुत ही दर्दनाक घटनाएं घट रही थी।केंद्र सरकार ने राजपाल के आदेश पूरे बिहार में आपातकाल लगा चुकी थी। और जल्द ही यँहा चुनाव कराकर नए सरकार बनाने की कवायद शुरू कर दी थी।सरकार में दूसरी मुख्यमंत्री बनते ही मुख्यमंत्री ने सभी इलाको के कामिश्नोरो को आदेश दिया । और सख्त हिदायत देते हुए बोले : क्लीन क्राइम एंड क्लीन क्रिमिनल।सचमुच सभी गुंडों में पूरी तरह से डर बैठ गया था।सभी जगह सिर्फ इनकाउंटर ही हो रहा था।इधर राजु की माँ की

एक छिपी तस्वीर

तबीयत बिगड़ने लगा था जिससे वह वँहा (दिल्ली से) सबकुछ बन्द कर हमेशा के लिए घर पर चला आया था । उस समय तक इलाका पूरी शांति लग रही थी।राजु ने इसका जीता जागता उदारहण खुद देखा।एक जगह देखा कि एक घर को पुलिस कंमांडो ने पूरी तरह से घेर लिया है और उस गुंडे के घर से बाहर निकाल कर सिर में गोली मार दिए।एक गुंडा मुहहले में इधर उधर छिप रहा था उसे भी SP ने मार गिराया। एक गुंडा मुहल्ले की गटर में जाकर लगभग चार घण्टे अपने छिपाकर रखा , मगर कमांडो ने उसे भी मशीन गंज के नुकीले धार से हूर हुर कर जख्मी कर दिया और तबातोड़ गोलियों की बौछार कर दी। सभी गुंडों व डॉन को दौड़ा दौड़ा कर मार दिया गया। कुछ ने पुलिस के समक्ष अपने सरेंडर कर जेल में ही अपने को सुरक्षित करने में लग गए। मगर अब यह कांड सीधे सेना के हाथों में चल गया था। उन गुंडों को बहाना बना बना कर बाहर निकाल निकाल कर मार दिया गया। खौफ ऐसा पैदा हुआ कि सबकी सात पुस्ति भी गुंडा बनने की नही सोचेगी । नक्सलियों में भी बहुत लोग मारे गए जिसका एक जीता जागता उदाहरण राजु ने पहाड़ से सटे रास्ते मे देखा था ।राजु उस पहाड़ के मंदिर में सुबह सुबह अपने सायकिल से पूजा करने गया हुया था ।तभी देखा कि एक नक्सली राजु का सायकिल लेकर भाग रहा था और पुलिस उसे खदेड़ रही थी।फिर वह भगता हुया मंदिर के पीछे छिप गया लेकिन कंमांडो ने उसे भी ढूंढकर मार डाला।राजु डर के मारे सायकिल भी छोड़ दिया।अब चारो तरफ शांति थी लोग बिना डर भय के इधर उधर जा रहे थे।अब वही इलाका अपनी विकास की सारी हदें पार कर रही है । लोग सिर्फ आगे बढ़ने के लिए ही सोचते रहते है। पूरा इलाका में अब रौनक बढ़ चुकी है । चुकी राजु के परिवार में भी काफी क्षति हुई थी इसलिए राजु के परिवार ने उस इलाके में रहना छोड़ दिया वँहा के सारी सम्पत्तियों को बेचकर अन्य स्थान पर चले गए।और सारे पीड़ा से दूर होकर तो चला गया परन्तु उसका आज भी छाप राजु और उसके परिवार को सिर्फ दंश की तरह डसती रहती है।क्योंकि राजु की माँ पूरी तरह से नर्वस हो चुकी थी।भाई खो चुका था।परिवार का माहौल बिगड़ चुका था।और राजु का वह मोबाइल मैसेज वाली " एक छिपा चित्र " की तरह किसी लड़की के दिल मे राज बनकर ही दफन हो गया था ।वह

कौन थी ,किसका मोबाइल मैसेज था,कौन थी वह । और वह किसका इन्तेजार कर रही थी।कभी पता नही चला।परन्तु उस मोबाइल मैसेज का रहस्य एक राज ही बन कर रह गया।क्योंकि इस रहस्य का शक का सुई काफी लोगो पर जा रही थी : भाई का सखी आँजली, घर के सामने वाली लड़की पर ,घर के पड़ोस वाली जो झूठे मुकदमे में फंसा रही थी उस लड़की पर ,कॉलेज की वे दो लड़की जो एक दूसरे सखा बनाई थी अथवा जिसे राजु ने अपनी मोबाइल मैसेज की बात बोलने गया था व गार्डन वाली लड़की। शक का सुई अभी एक जगह बाकी थी वह था स्कूल वाली लड़की ।परंतु यह सम्भव नही था क्योंकि उस समय राजु का तीसरा भाई बहुत छोटा था और वह राजु का बचपन का नादानी का सोच था। राजू को उस समय दो लड़कियां बहुत अच्छी लगती थी । और वह दोनों लड़कियाँ बहुत मासूम थी । उनलोगों पर शक इसलिए नही जा सकती क्योंकि राजु के लिए वह एक प्यारा सा भूल था जिसमे दोनो लड़कियां बिंदास होकर राजु के साथ होना चाहती थी।जिसमे एक ने तो अपनी माँ ,बड़ी बहन एवम जीजा को सब बता रखी थी कि मुझे राजु बहुत अच्छे लगते है ,मुझे इन्ही से शादी करना है । अर्थात जो पूरी बात को एक खुले किताब के तरह अपने परिजनों के सामने रख दी थी । इसका नाम रूपाली था और दूसरा वाली शीतल जो अपने मम्मी पापा को भी कह दी थी। और उनदोनो के परिवार बचपन की नादानी समझकर भुला गए थे। और जब राजु की एंट्री कॉलेज में हुई तबतक दोनों की शादी हो चुकी थी। और जब राजु का तीसरे भाई इंटर में गया तबतक इनदोनो सखा का बाल बच्चे भी ही गए थे।मगर एक अगला भी पहलू सामने आ रही थी ।वह था राजु के पिताजी का हैवानियत वाला रूप ।जिसका जिक्र सिर्फ इसलिए किया जा रहा है क्योंकि राजु की माँ की मानसिक उत्पीड़न का कारण बहुत हद तक राजु के पिता पर भी जाता है। क्योंकि राजु के पिताजी का उम्र ज्यादा हुआ नही था। और वे शायद किसी अन्य महिला के साथ रासलीला रचा रहे थे।इसलिए शायद अचानक अपने ही घर मे आपत्तिजनक स्थिति में राजु के तीसरे भाई और राजु के मा के द्वारा देख लेने के उपरांत दोनों की मानसिक स्थिति अस्थिर हो गई। शायद सबसे ज्यादा गहरा असर राजु के भाई पर पड़ा। क्योंकि वह महिला कोई और नही बल्कि राजु

के दूसरे भाई के पसंद वाली लड़की के माँ के साथ था।जिसे वह बताने राजु के कॉलेज गया था।मगर बता नही पाया।इसलिए शक की सुई इस महिला पर भी जा रही थी। इसलिए कहि न कही यह "एक छिपा चित्र " यह भी रह गया।इसलिए इस कहानी को नाम The Hidden Picture रखा है।इस घटना के कोई तथ्य अगर किसी से की घटना से मिलती हो तो यह एक सयोंग मात्र है इसकी किसी की घटना अथवा जीवन पहलू से कोई मतलब नही है।

खैरइससस्पेंसकाराजअगलेकहानीमेंमिलसकतीहै।

3

अध्याय : 03

अनजानीभूल

" गुमराहप्यार " / " अनजानीभूल "

सख़री नदी के किनारे एक गांव था ,जँगली इलाका था।नदी के बगल में एक पहाड़ था , जिससे नदी तीन तरफ से घूम कर आगे कि ओर बहती रहती है।ऐसा मनोरम दृश्य की जैसे मानो झूमता रहे मन। इसी गाँव में एक उच्च जाति का गरीब परिवार रहता था।उस परिवार में चार भाई और एक बहन और उनके माता व पिता थे।ज्यादा नही बस कुछ चार पांच बिगहा खेती थी , जिससे वे गुजर बसर करते थे। उसी गाँव मे एक अन्य जाती का परिवार था जिसमे उसका सिर्फ एक ही बेटा था। वह हिश्ट् पुष्ट था ,कद काठी से काफी लम्बा चौड़ा था।देखने मे उच्च जाति से कम नही लगता था। समय का खेल निराला है ।उच्च जाति के वह गरीब परिवार भी सिर्फ जाती के कारण अपने आपमे स्वाभिमान पाल रखा था जबकि उसे उनके ही जाती के लोग लगाते न थे। इनका नाम हीरा सिंह ,पत्नी पुष्पा सिंह ,चारो बेटे का नाम नवल सिंह,वरन सिंह, चंदन सिंह और मनोज सिंह एवम बेटी कोमल सिंह था।और उसी गांव के अन्य जाती वाले परिवार जिसका मात्र एक ही पुत्र था उनका नाम था अशोक गहलोत। उसकी पत्नी हेमलता देवी और पुत्र राकेश गहलोत था। एक बार नदी में पानी बहुत ज्यादा आ गया जिससे बाढ़ की स्थिति बन गई ।गांव वालों को अपना मैदानी इलाके में बने घर को छोड़कर

उस पर्वत पर रहना पड़ गया।ऐसी स्थिति बन गयी कि सबलोग अपना जाती पाती सब भुलकर एक दूसरे के मदद में लग गए। सभी को खुले आसमान में रहना पड़ रहा था।इसी हलचल में कोमल और राकेश की नजर मिल गई।दोनो तरफ से दिल धड़कने लगा।मन मे तरह तरह के अंगड़ाइयाँ लेने लगी।प्यार के फूल खिलने लगी।उन दोनों के प्यार में सारा समा सदाबहार लगने लगी।उनका प्यार अब उनदोनो के बस में नही रही ।उसकी चर्चा गाँव मे फैलने लगी।इस बात को सुनकर हीरा सिंह आगबबूला हो गया।और स्थिति बिगड़ने लगी। स्थिति बिगड़ते देख हीरा सिंह अपने बेटी और दो बेटे को अपने साले के घर भेजने का निर्णय ले लिया। इधर अशोक गहलोत भी अपने बेटे को रांची झारखण्ड उसके नानी घर भेज दिया।नदी का जलस्तर कम होने लगा।कोमल ,चंदन और मनोज उसी नदी किनारे बसे कुछ दूर स्थित अपने नानी घर चले गए। गाँव का नाम सोनगांव था जो केवल ठाकुरों और सिंगहो का गाँव था।उसी गांव का एक वीरमणि सिंह मध्यम वर्गीय परिवार का बेटा था जो झारखंड में ही कोई शहर में ट्रांसपोर्ट का काम करता था। वँहा उसे एक राजा बाबू नामक एक बड़े नांचीन्ह ने अपने ट्रांसपोर्ट गैराज में काम पर रखा था।एक दिन उसे झारखंड से बिहार बोर्डेर पार करते हुए बस ले जाना था। ड्राइवर बस को चलाते हुए अचानक सुनसान जगह पर रोक दिया। कुछ बदमाश बस पर चढ़े और यात्री लोग से छीन झपट करने लगे। जब कुछ डकैत इस वीरमणि के पास आया था तो इसने लात घुसे जमाने शुरू कर दिए।जिससे और भी लोगो मे हिम्मत बढ़ गई और सब लोग डकैत पर टूट पड़े। जिससे उनलोगों को भागना पड़ गया। फिर बस गंतव्य स्थान पर पहुंच गई।मगर उन डकैतों ने इसको नजर पर चढ़ा लिया था। जब यह सोनगांव पहुंचा तो कुछ दिन बिताने के बाद पुनः मालिक के पास जाने की सोच रहा था। परन्तु गांव में घूमते हुए उसकी नजर कोमल पर पड़ी। वीरमणि ने उसे नजर में गड़ा लिया। चुकी वीरमणि शादीशुदा था उसके छोटे छोटे बच्चे भी थे।मगर इंसान का नियत कभी भी बिगड़ सकती है।परंतु मालिक के बुलाने पर उसे मजबूरन उसे झारखण्ड जाना पड़ गया। इधर रास्ते मे डकैत लोग इसी के इंतजार बेसब्री से कर रहा था। जंगल मे पहुचते ही फिर डकैतों ने बस रुकवाई । वीरमणि को देखते

ही एक डकैत ने सबको चौंका दिया।सबके सब टूट पड़े।हथियार के बल पर वीरमणि को पूरी तरह से घायल कर दिया। मरा हुआ समझकर डकैत लोग वँहा से चले गए। परन्तु अभी इसका कुछ सांस चल रही थी। बस पर राकेश भी बैठा था।ड्राइवर उसे वीरमणि को छोड़कर जा रहा था। मगर राकेश ने सबको मानवता का वसूल बता कर उस वीरमणि के अंतिम सांस को जिंदगी देने के लिए वापस बस पर लिटाया और शहर पहुँचकर वीरमणि को अस्पताल में भर्ती कराया। फिर राकेश वँहा से चला गया। कुछ समय बाद जब वीरमणि पूरी तरह से ठीक हुआ तो वह अपने मालिक के पास गया।और बस कंडक्टर को छुरे से गला काटकर मालिक के सामने गिरा दिया। जिसके कारण वीरमणि को गिरफ्तार किया गया। ट्रांसपोर्ट मालिक इसे निकाल दिया ।इसके बाद वह वापस अपने गाँव चला आया। और इधर उधर ठीके पर काम लेना शुरू कर दिया।इस दौरान वर्चस्व की लड़ाई शुरू हो गई। मगर अभी वीरमणि सिर्फ शरीर से ताकत दिखा रख रहा था। उसके साथ लोग नही खड़े थे।इसलिए अब वह राजनीतिक दांव पेंच चलने लगा। उसी सिलसिले में वह हथियार के जुगाड़ के लिए दूसरे प्रदेशों में जाने लगा। बहुत सारा रास्ता खुल गया।हथियार भी मिलने लगे , नेताओं से भी संपर्क बढ़ने लगा।गुंडे बदमाशों का सर्किल भी बढ़ने लगा। एक समय जब वह झारखंड के रास्ते वापस अपने गाँव आ रहा था। तभी उसकी नजर राकेश पर पड़ा।वह बस के सीट से उठा और उससे मिलने उसके सीट पर चला गया। तुहारा नाम क्या है? तुम कँहा रहते हो। मुझे पहचान रहे हो।राकेश बोला : नही ।

याद करो एक दिन इसी रास्ते जा रहे थे बस पर , और कुछ डकैत लोग मुझे पर हमला कर जख्मी कर दिया था। लगभग जान से ही मार दिये थे लेकिन तुम्हारे सूझ बूझ ने मुझे एक नया जीवन दिया। राकेश : जी हां। मगर मेरा फर्ज था। ठीक है अभी कँहा जा रहे हो।राकेश : घर ।कौन से गांव ? वीरमणि बोला। रतनपुर ! राकेश बोला। फिर तो मेरे गांव से ही होकर जाना होगा। आज मेरे घर चलो कल सुबह तुम्हे तुम्हारे गांव छोड़ दैंगे।डरने की बात नही है। वीरमणि बोला। राकेश बोला : ठीक है।

राकेश सोनगांव रुक गया। खाना वाना खाने के बाद वीरमणि ने उसे अपने गांव दिखाने के लिए घुमाने चल दिया। रास्ते मे ही कोमल का

नानी घर था। वीरमणि बोला : चलो मैं तुम्हे गांव का तालाब दिखाता । यह तलाब बहुत ही बड़ा है।बहुत पुराने ज़माने के ।जमींदारों ने इसे बनाया था। राकेश का नजर तभी कोमल पर पड़ी। वह देखता ही रह गया।कोमल और राकेश का मन फिर से प्रफ्फुलित होने लगा।कोमल का नानी घर उसी तलाब के पास थी। और तलाब के एक किनारे घर के कपड़े फिंच रही थी। इसलिए कोमल की भी नजर राकेश ठहर गई।मगर वीरमणि को देखकर कोमल थोड़ा सहम गईं। जब वीरमणि राकेश को उस लड़की को देखते हुए देखा तो उसे टोका । अरे ये क्या बात हुई। आते के साथ ही गांव के छोरी पर लाइन मारने लगा। अरे भाई यह लड़की है ही इतनी खूबसूरत। इसपर तो हम भी फिदा है। बेचारी का परिवार थोड़ा गरीब है। इसलिए ऐसे रह रही है। राकेश बोला : जी सरदार । वीरमणि बोला : ठहर क्या बोला तुने ! राकेश : जी सरदार । वीरमणि : अरे भाई मेरा नाम वीरमणि सिंह है।खैर तूने यह उपाधि देकर मन खुश कर दिया। भाई अब तू मुझे सरदार ही बुलाना। राकेश : जी सरदार ।

फिर वीरमणि ने राकेश को उसके गांव घर छोड़ आया। राकेश को रहा नही गया। इसलिए कोमल से मिलने के लिए कुछ दिमाग लगाते हुए वीरमणि से बोला। क्या मैं आपके गांव आ सकता हूँ। वीरमणि : इसमे पूछने की बात है। फिर कुछ दिन बाद राकेश वीरमणि के बहाने कोमल से मिलने चला गया। उसने कोमल को सबो से छिपाकर एक मोबाइल नंबर दिया। चुकी उस समय मोबाइल भी नया नया लॉन्च हुआ था। मोटा वाला नोकिया मोबाइल बहुत ज्यादा चल रहा था। राकेश ने कोमल को जो कागज पर मोबाइल नंबर दिया था उसमें एक नम्बर का भूल वश गलती कर दिया था। मोबाइल संख्या था 9931000033, मगर गलती से नम्बर हो गया 9931000038। जोकि यह नम्बर राजु के पिताजी का था, जो इन दोनों जगहों से एक दम कोशो दूर राजु के अपने शहर का था। अब इन दोनों कहानी में यही पर ट्वीस्ट था।

जब एकांत होता तो कोमल राकेश से बात करनी की पूरी कोशिश करती।लेकिन कभी कभी उसके दोनों भाई सामने रहता तो दिक्कत हो जाया करती थी।इसलिए कोमल ने राकेश से बोली : तुम्हारे मोबाइल पर अब मेसेज भेजा करूँगी जब सख्ती बढ़ जाएगी तो।और तुम्हारा

नाम राकेश राज नही या सिर्फ राजु रख देती हूँ।राकेश : जैसा तुम उचित समझो। फिर प्रस्थिति को देखते हुए एकबार कोमल ने राकेश के मोबाइल पर सन्देश भेजी: ये राजु अब मुझसे समय नही काटा जाता है।कुछ ऐसा कर की हमदोनों सदा के लिए एक हो जाये।फिर टाइप कर मोबाइल नंबर 9931000038 पर भेज दी। मगर राकेश को सन्देश नही प्राप्त हुआ।जब कुछ दिन बाद भी जवाब नही मिला तो कॉल की।मगर कोई फोन नही उठाया।अगले सुबह राकेश ने ढ़ेर सारी मिसकॉल देखी तो तुरंत फोन किया।क्या बात है? ।कोमल बोली: भईया को शक होने लगा है।इसलिए सख्ती बढ़ा दी है।मैंने संदेश भेजा था।तुमने शायद पढ़ा नही।राकेश : मगर मेरे पास कोई सन्देश आया ही नही।कोमल : लगता है गलती से कही और चला गया।अच्छा ठीक है अब से सावधानी बरतुंगी।

परन्तु यह संदेश दूसरे के मोबाइल पर तो चल गई थी।उस समय राजु के भाई कुमार के पास मोबाइल था। जब वह संदेश पढा तो उसे एक गलतफहमी हो गई।और वह अपने दोस्त पप्पू के घर के पास की एक लड़की (अंजली) के बारे में कल्पना करने लगा।जबकि ऐसा कुछ नही था।परंतु इसी सन्देश ने अंजलि और कुमार को जोड़ दिया था।गलती से ही सही मगर इनदोनो में दूरियां कम हो रही थी।देखते देखते कुमार टुन्ना सिंह के नजर पर चढ़ गया।और एक प्लानिंग के तहत कुमार को दुर्घटना करवा कर मार दिया गया।कुमार की मौत एक सोची समझी साजिश थी क्योंकि कुमार सड़क पर यू ही अचानक पिता के सायकिल लेकर नही निकलता।घर से कुमार के माता पिता भी बाइक से बाहर घूमने निकले हुए थे।माँझील भाई और छोटा भाई भी घर पर नही था।और बड़ा तो बाहर ही रहता था।अभी साईकल कुछ दूर गया भी नही था कि उधर से एक राजरानी एक्सप्रेस नाम की बस ने उसे अपने झपेट मे ले लिया और घसीटते हुए बहुत दूर तक जाकर गिरा दिया जबतक उसकी जान नही चली गई।सड़क पर देखने वाले सिर्फ देखते रह गए। आजकल के लोग बहुत कठोर हो गए है ,मरते हुए इंसान को ये लोग बचाने से डरते है।चाहे कोई दुर्घटना के दौरान जीवित रहने की चांस क्यों न रखता हो।जबतक पुलिस आती तबतक कुमार का जीवन समाप्त हो

चुका था।

    राजु जब इसकी वजह जाँच पड़ताल कर रहा था तो वह उस मोबाइल पर कॉल का भी प्रयास करता रहता था।मगर हर समय स्विच ऑफ मिलता था।मगर होनी को कौन टालता है।एक दिन भूलवश कोमल अपना मोबाइल स्विच ऑफ करना भूल गई।और गहरे नींद में सो गई।तभी वह मोबाइल बज उठा। चन्दन की नींद खुली तो वह भौचक्का रह गया।कि घर मे मोबाइल कँहा से बज रही है। फिर आवाज की बढ़ता गया।और मोबाइल को recieve किया। परन्तु कॉल लेते ही राजु ने उधर से माँ बहन सब करने लगा। चन्दन को कुछ समझ में आता तभी मनोज भी उठ गया।देखा कि भैया किसी पर गरज गरज कर गाली गलौज कर रहे है।मनोज: क्या हुआ भई।और यह मोबाइल आपके पास कँहा से आया।चन्दन सिंह सब समझाते हुए बताया।और फोन तोड़ दिया।इधर कोमल का डर के मारे होश उड़ चुका था।हालत खराब हो चुकी थी। डर के मारे आवाज बन्द हो चुकी थी।चंदन सिंह के सिंह गर्जना के साथ डाँट ने कोमल का सारी पर्दा खुल गया। मगर कोमल ने राकेश का नाम न लेकर सरदार का नाम लिया। खेल उल्टा हो गया। दोनो भाइयों ने सिंह गर्जना के साथ वीरमणि पर हमला बोल दिया।वीरमणि भी कम नही था ।अब तक वीरमणि काफी बड़ा गैंग बना चुका था जिसके कारण चंदन और मनोज की बहुत धुलाई हो गई। और वीरमणि भी सिंह गर्जना के साथ दोनो की अधमरा शरीर लेकर कोमल के पास पहुंच गया।और दोनों को दूर फेंककर तलवार से अपना अंगूठा काटा और लाल रक्त से कोमल के मांग में भर दिया। अब तो पूरा बवाल हो गया। फिर कोमल को उठवाकर अपने गांव ले आया। जब हीरा सिंह को इस घटना की खबर हुई तो उसने भी अपनी सादगी छोड़ मारकाट पर उतर गया।अब हर दिन दोनो तरफ से दो चार का लाश गिरता रहता।माहौल पूरा भयानक हो गया।शाम के चार बजते ही लोग अपना किवाड़ बन्द कर लेते। सड़को पर केवल दो तरह के ही लोग दिखते : एक सरदार और हीरा का गुट तथा पुलिस। इधर राकेश को भी खबर हुआ तो वह भी टेंशन में हो गया। फिर किसी तरह कोमल से संपर्क कर उससे मिलना चाहा।कोमल तो मिली मगर अब वह पहले वाली कोमल नही रही। कोमल बोली : तुमने

बहुत देर कर दी।अब तुम्हरा चाहकर भी नही हो सकता। न तन से न मन से।क्योकि वीरमणि ने मेरी तन की सारी चमड़ी को नोच डाला है। ऐसा हवसी है कि जैसे मानो कितनो दिनों का भूखा है। मेरे सारे अंगों को उसने चूस लिया।ऐसा कोई दिन नही है कि वह मुझे खाली छोड़े।आते के साथ अपना हवस मिटाता है।तुम यँहा से चले जाओ। वरना तुम मारे जाओंगे। यह सब सुनकर राकेश ने सरदार की छोटी बहन को अपहरण कर ले कर चला आया।राकेश ने भी वही किया जो सरदार ने कोमल के साथ किया था। वह भी उर्वसी को सिंदूर दे डाला।मंदिर में शादी कर जी भर के हवस मिटाया।दिन रात घण्टे घण्टे की हवश से उर्वसी की जान खतरे में पड़ गई। यह सुनकर हीरा सिंह ने राकेश को अपने गैंग में शामिल कर लिया। फिर एक दिन एक प्लानिंग कर सरदार के गांव में घुसकर लगभग 60-70 आदमियों के कत्ल तलवारों से कर दिया। चारो तरफ खून ही खून पड़ा था। यह देखकर सरदार के गैंग ने भी बदला लेने की सोची। और अशोक गहलोत का पूरा परिवार को समाप्त कर दिया।उसके बाद हीरा सिंह,चन्दन सिंह,मनोज सिंह आदि मारा गया। रक्त के इस खेल के कारण पूरा गांव खाली हो गया। लोगो का पलायन शुरू हो गया।पुलिस प्रशासन की धज्जियां उड़ा दिया गया। एक पुलिस अधीक्षक का हाथ काट दिया गया।फिर भी सरकार घोड़ा बेचकर सो रही थी।थाना,मिल,फैक्टरी आदि सब बन्द पड़ गए।अगर गलती से या भूलवश उस रास्ते कोई राहगीर चला जाता तो उसके जिंदा वापस आने की सम्भावना कम रहती थी। रात को सिर्फ सियार और कुत्ते रोते थे।लोग डर डर के जी रहे थे।सता बदलने की आवश्यकता थी।फिर 2006 में बिहार की सत्ता बदली और बागडोर एक कड़े निर्णायक नेता के हाथ मे आयी।तुरंत एक्शन लेते हुए कमाण्डो फ़ोर्स भेजा गया। अब ढूंढ ढूंढ कर खोज खोज कर गुंडों को मारे जाने लगा। अब वही खूंख्वार लोग छिपते लुकते चल रहे थे। सरदार और उसका गैंग स्टेशन होते हुए किसी ब्राह्मण के घर घुस गया।इधर नवल सिंह,वरन सिंह,राकेश आदि एक धान की पूंजी में छिप गया। मगर फ़ोर्स सबको ढूंढ लिया । सरदार उस पंडित के घर रखे किसी धान के कोठरी में छिपकर जान बचाई। और बाकी सब के सब फ़ोर्स के गोली के शिकार हो गए। इधर फोर्स के एक

टुकड़ी ने दूसरे पक्ष के लोग न मिलने पर इधर उधर ढूंढने लगी। जब सब जगह ढूंढने पर कहि नही मिला तो जाने लगी।मगर तभी एक कुत्ता आया और धान के पूंजी की ओर भूकने लगा। फ़ोर्स ने इशारा करते हुए पूंजी पर गोलियां बरसाने लगी।जिससे सबके सब मारे गए। इस खूनी रंजिस का असली रचियता राजा ट्रांसपोर्ट का मालिक भास्कर पांडेय था क्योंकि वीरमणि ने भास्कर पांडेय का पूरा ट्रांसपोर्ट का काम ठप करवा दिया था क्योंकि डाकुओं ने इस ट्रांसपोर्ट के साथ उस घटना के बाद जातीय दुश्मनी में बदल दिया था। जब वीरमणि को यह बात पता चला तो उसने भास्कर पांडेय को मरवा दिया। इधर वीरमणि ने जिसके द्वारा भास्कर पांडेय को मारवा था उसी अवधेश सिंह से भास्कर पांडेय की पत्नी से शादी करवा दिया। इस प्रकार यह खूनी रंजिस समाप्त हुआ।

अतः किसी सन्देश या किसी के बोली गयी बात आदि पर जल्द विश्वास नही करना चाहिए।आजकल एंड्रॉइड मोबाइल का जमाना है।संदेश आदि को अपने दिलो पर न ले और नही इसे बढ़ावा दें।यह अत्यंत दुखदायी होता है।

4

अध्याय : 04

" विचित्रमानसिकता "

मगर वह कौन थी जो राजू को चाहती थी जो इन सारी घटनाओं के भंवर में उलझ गई।जिसके कभी अंत न हुआ।मगर कॉलेज में पढ़ाई के दौरान न चाहते हुए भी राजू को कोई पसंद करने लगी थी। राजू अक्सर अपने तीन दोस्तो के साथ शाम को शाम टहलने निकला करता था। वे तीनों दोस्त एक टी स्टाल पर चाय पीते फिर घूमते फिरते कॉलेज के ही आसपास के लोकल गलियों घूम लिया करता था। इसी दौरान उन तीनों को कुछ लोकल लड़कियां पसंद हो गई।और वे लोग अपना अपना नाम देकर प्रतिदिन शाम शाम को नजर मिलाने लगे। लड़कियों के तरफ से भी इशारा आने लगा। चुकी लड़कियां भी उन दोस्तों के उम्र में थोड़ा थोडा कम उम्र था। मान चलो अगर रवि का उम्र 19 साल हो तो उसके गर्लफ्रेंड का उम्र 17 साल रहा होगा।वैसे ही रवि ने राजू के उच्चाई और उम्र के हिसाब से 14 - 15 साल की उम्र वाली लड़की से मिलान कर दिया था।मगर सभी तीनो दोस्त सिर्फ मस्ती के लिए गलियों में घूमते थे । वे लोग कभी भी उन लड़कियों से सम्पर्क नही किये।न ही वे लड़कियों ने की।वे लोग भी जान चुके थे कि ये लोग आंख सेकने आते है और फिर ताक झाक कर चल देते है। इसलिए वे लोग इस मस्ती में साथ देते थे। वे लोग इन तीनो दोस्तों का बहुत बेसब्री से इंतजार करती थी। धीरे धीरे समय बीतता गया।अब तो वे लोगों की उन सभी का आदत लग

गई थी। लगभग 3rd ईयर पहुंचते पहुंचते बिनय रेशमी से लव कर ही लिया और क्योंकि उनकी उम्र ही ऐसी थी कि उनके इस आदत को कभी भुलाया जा ही नही सकता था। उन छः का पहला पहला प्यार की ओर कदम था। इसमे राजू चाह कर भी नही मिल सकता था क्योंकि उसके साथ कुछ अनहोनी होने की प्रबल सम्भावना बनी हुई थीं। परन्तु राजू को कोमल पर कभी शक नही हुआ कि उसके घर के मोबाइल पर जो सन्देश आया है वह कोमल का भी हो सकता है। लेकिन रवि जब प्रियंका के साथ प्यार के नाम पर सबकुछ कर लिया और उसे धोखा देकर बाहर अच्छे नौकरी के लिए तैयारी के लिए निकल गया। और फिर कभी वापस लौट कर नही मिला। इसलिए तब राजू को इस कारण भी कभी हिम्मत नही हुआ कि कोमल को सब कुछ बता पाए।क्योंकि रवि प्रियंका को धोखा देगा इसके बारे में राजू को भलीभांति मालूम था। मगर कोमल तो राजू को अपना सबकुछ मान चुकी थी कारण की उसका उम्र कम थी और उसे पहले केवल राजू ही पसंद हुआ था व उसकी जिंदगी में बहार बनके आया था। मगर कोमल केवल राजू के जुबान से इजहार सुनना चाहती थी।इसलिए उसकी इन्तेजार एक इन्तेजार बन कर रह गई। 4th year होते ही वे लोग निकलने वाले थे।इधर कोमल का मेडिकल कॉलेज राँची में, रेशमी मेडिकल कॉलेज मुजफ्फरपुर और प्रियंका NIT पटना से इंजीनियरिंग करने चली गई। जब इन तीनो साथियों का अपने कॉलेज से निकलना हुया तो उन लड़कियों का कॉलेज जिन्दगी का शुरुआत हुई। परन्तु लड़कियों का पहला पहला प्यार कभी नही भूलती । उसे हर पल हर समय याद दिलाती ही । दो लड़कियों का तो जिंदगी का फलसफा बदल गई क्योंकि बिनय रेशमी से शादी करना चाहा मगर रेशमी ही बदल गई। और जब प्रियंका रवि से शादी करना चाहा तो रवि ही धोखा दे दिया। पर राजू और कोमल का मिलन हमेशा के लिए अधूरा रह गया। कॉलेज से निकलने के बाद घरेलू, समाजिक,आर्थिक आदि समस्याओं ने राजू को पूरी तरह से जकड़ लिया । ऐसी उलझन में पड़ गया की उसे अपना ख्याल तो रहता ही नही था। दूसरों का ख्याल रखता । गुत्थियाँ सुलझने जगह और जकड़ गई। कोमल राजू का आज भी इन्तेजार कर रही है। ये बात कभी नही राजू को पता चलता अगर समय वह घटना नही

घटती। समय आगे बढ़ता गया।कोशी नदी में बहुत भयंकर बाढ़ आया। बहुत लोग बेघर हो गए। कोमल का पूरा परिवार उस स्थान को छोड़कर कर नालन्दा आ गया। मगर अभी तक उन दोनों का मुलाकात नही हुआ था। परन्तु राजू के मोबाइल पर अक्सर एक अज्ञात कॉल मिसकॉल में आ जाता था। और जब भी राजू उस नम्बर पर वापस रिंग करता तो उधर से कोई जवाब नही आता। राजू को लगता होगा कोई निट्ठल्ला । राजू को लगता था कि मुझे कौन पसन्द कर सकता है। परन्तु वह किसी का दिल चूरा चुका था और वह भी अपना दिल उस कोमल के पास छोड़ आया था।पर कभी वे दोनों बोल नही पाए थे। राजू अपने जिंदगी से काफी हार चुका था क्योंकि उसे कहि भी अच्छी नौकरी नहीं मिली थी । इसका कारण राजू के घर के पड़ोसी वाले थे क्योंकि वे सब तरह राजू व राजू के परिवार को बर्बाद करना चाहते थे। इसी लड़ाई झगड़े में राजू का भाई का दर्दनाक हादसा करवाया गया।साक्ष्य न मिलने के कारण सभी अपराधी खुलियाम गुलछर्रे उड़ा रहे थे। घर की स्थिति इतनी खराब हो गई कि राजू की माँ का भी तबियत बिगड़ गई। परिवार वालो ने आखिरकार घर छोड़ने का फैसला कर लिए। फैसला किया गया कि राजू का विवाह के साथ ही नए घर का निर्माण कराया जाएगा। सभी लोग पुराने घर को बेच दिए। नए घर मे सभी लोग शिफ्ट हो गए। परन्तु जब नए घर सब ठीक होने लगा तो राजू के पिताजी लड़ाई झगड़े में उतरने लगे। जिसके कारण घर कलह का बसेरा हो गया। आखिर राजू ने फैसला कर लिया कि राजू के अलावा सभी लोग नए घर मे रहेंगे।और राजू और उसका परिवार बाहर निकल जायेगा। राजू को अपने जिले में ही नालन्दा में काम मिल गया ।और वह अलग वही किराया के मकान में रहने लगा। इधर कोमल का भी यही नालंदा के कतरीसराय में ही शादी हो चुकी थी और वह साधारण सी नौकरी सरकारी शिक्षिका का काम कर रही थी। अब दोनों के बच्चे हो चुके थे। पर राजू के मोबाइल पर अब भी कभी कभी कोमल मिसकॉल लगा दिया करती थी। और राजू को पुनः वापस लगाने पर वह कुछ नही बोलती थी । राजू को भी उस आज्ञात नंबर ध्यान में रहने लगा कि पता नही कौन है जो कभी न कभी अलग अलग नम्बर से काल करती है। पर है कॉल करने वाली एक ही क्योंकि हर बार वापस रिंग करने पर वह कुछ

नही बोलती है। समय के साथ राजू और कोमल का शक्ल भी थोड़ा बदल चुका था। एक दिन रवि अचानक राजू को फोन किया : अबे सुन राजू तेरी वाली तेरी ही जिले में शादी करके गई है । मेरे वाली से अचानक आफिस के रास्ते मे मुलाकात हुई थी। तो उसने बताया कि कोमल भी नालंदा में है।पर अब उसकी शादी हो चुकी और दो बच्चे भी।तेरा तो भी तीन बच्चे हो चुके है। राजू : अब छोड़ यार मैंने तो कभी इजहार भी नही किया था और न उसने कभी बताया था। रवि: कहि वो मिसकॉल वाली कोमल तो ही नही है। तू बेकार में कॉलेज के लड़कियों और घर के पड़ोसियों पर शक कर रहा है। राजू : मगर वह संदेश ; रवि : अरे तुम्हारे मोबाइल पर नही न आया। वो तो घर के मोबाइल पर आया था न। तुम्हारे मोबाइल पर तो केवल मिसकॉल आता है। राजू : ठीक है यार। सही कह रहे हो। मैं गलत था। खैर अब सबकी अपनी अपनी जिंदगी है। सब को जीने दे यार ।रवि : तू तो बहुत बड़ा हो गया यार। बड़ी बड़ी बातें करने लगा है ।चल फिर ठीक है। चलने दे ऐसे ही जिंदगी। रवि : सच है यार तेरी जिंदगी में कोमल हर समय एक hidden picture के रूप रहेगी। राजू : हाँ यार । राजू : यह भी हो सकता है हम दोनों कभी कभी आस पास अगल बगल बैठे हो और तुम्हे पता न हो ।उसके बच्चे से हम मिल रहे हो और वह भी मेरे बच्चे व पत्नी से मिल रही हो और हमे पता न चल रहा हो। रवि : हँसते हुए : यार तू एक किताब लिख जिसमे इन सारी बातों का जिक्र हो मगर तू भी पूरा स्पस्ट न लिख।राजू : ठीक है।चलो फिर by ।ओक । समय था 2019 दिसम्बर का जब कोरोना ने पूरी दुनिया को अपने आगोश में ले लिया। ऐसा लग रहा था मानो अब जिंदगी ठहर सी गई। अब अंत क्षण आ गई। राजू का परिवार भी इस झपेट में आ गया । राजू ने निश्चय कर लिया कि अब मौत तो आनी ही ।इस दौरान कास वह सारा छुपा हुआ रहस्य सामने आ जाता तो बहुत अच्छा रहता। राजू खुद PMCH पटना में भर्ती था साथ मे राजू की पत्नी व माँ भी ग्रसित हो गई। राजू की माँ और पत्नी की इम्युनिटी कमजोर होने के वजह से झेल नही पाई और सबसे ज्यादा राजू के मा संक्रमित हो गई। दुआ भी काम नही कर रही थी। PMCH की तो यह हाल थी जैसे लास का अंबार लगा है। दिल की धड़कन रुक सा जाता था जब किसी की साँसे जोर जोर से चलते देखता था। न मरीज किसी का

सुन रहा था न डॉक्टर किसी की पैरवी मान रहा था।चाहे नेता हो या कोई ऑफिसर, सब एक समान लग रहा था। खैर राजू का अपना बनाया गया दवा कुछ काम आया। राजू की माँ और पत्नी की धीरे धीरे इम्युनिटी मजबूत होने लगी।और वे लोग हॉस्पिटल से डिस्चार्ज होने वाले थे। तभी राजू का नजर बिनय पर पड़ा ।बिनय शायद अपनी माँ की गोद मे सर रखकर रो रहा था।मगर मुह में मास्क लगा होने के वजह से कुछ स्पष्ट नही हो पा रहा था। कोई किसी को छू नही सकता था। भर्ती होने के पहले बिनय की पत्नी सबसे बात करना चाह रही थी। उसने मोबाइल रख ली और अंदर हॉस्पिटल में चली गई। बिनय शायद पुनः अपनी गर्लफ्रैंड से शादी कर ली थी। वही कोमल भी भर्ती थी , उसकी भी साँसे तेजी से चल रही थी। रेशमी ने कोमल को दूसरे बेड पड़ी देखी। रेशमी ने कोमल को इशारा किया।कोमल पलट कर देखी। दोनो के आंख से आँसू निकल पड़ी। दोनों का बेड भी एक दूसरे के बगल में था। कोमल ने बताया मेरे हसबैंड भी यही होंगे। मैने फोन नही लाई है।डॉक्टर जब थोड़ा रेस्ट देंगे तो जरा अपना मोबाइल देना।आखिरी बार सबसे बात कर लूँगा। रेशमी : ठीक है। रेशमी : अरे राजू भी यही भर्ती है। उसका माँ और पत्नी भी भर्ती थी शायद वे दोनों ठीक हो गए , पर राजू का अभी थोड़ी हालत हल्की है। कोमल और रो पड़ी। रेशमी : अरे पगली तू रो क्यों रही है।कोमल : राजू तो यह भी नही जानता है कि उसे महीने दो महीने के बीच मे मिसकॉल लगाने वाली वही उसकी पगली कोमल है जो आज भी उसके लिए दिल मे जगह बना रखी।परन्तु जब अपनी अपनी गृहस्थी जीवन मे मसगुल थे। तब मैं भी इत्मीनान थी कि सब अपनी अपनी गृहस्थी जीवन को जी रहे है। इसलिए अब न अपने जीवन को छेड़ना है न उसके जीवन को। मैं तो यह देखती थी पगला अब भी वही मोबाइल नंबर रखे हुए है कि नही।की मुझे भूल गया।मगर वह भी नही भूल पाया है। शायद अगर बच जाऊ तो ये राज को राज ही रहने देना। रेशमी : पगली , अरे जिंदा रह पाया तब न। कोमल : हॉ अगर मर गया तो बता देना। रेशमी : फिलहाल तो अभी हमदोनो की जिंदगी खतरे में है। डॉक्टर लोग अभी चले गए है। और रात भी काफी हो गया है। लो मोबाइल जिससे भी बात करना हो लो कर लो। कोमल ने अपने पति और बच्चों से बात की। फिर मोबाइल देते समय

राजू को भी मिसकॉल लगा दी। रेशमी : कोमल तू नही बदलेगी । फिर मुस्करा दी।राजू: अंत क्षण में भी यह याद करती है।कौन है यह। मोबाइल नम्बर भी बदल लेती है। या किसी दूसरे के मोबाइल से की होगी। वापस रिंग किया : कोमल फिर कुछ नही बोली। इसबार राजू ने उसके फोन कट करने के पहले बोला : ठहरो तुम जी भी हो इतना तो पता चलता है कि तुम मुझे बहुत चाहने वाली हो ।हो न हो तुम कोमल ही होगी। पगली तुम्हे दिल से चाहता था और हूँ और चाहता रहूंगा। मगर अब शायद दोनो की जिंदगी गृहस्थ हो गई।इसलिए जैसे तुम आजतक अनजान थी वैसे ही अनजान रहो।क्योकि सामने आओगी तो हमदोनो का गृहस्थ जीवन नष्ट हो जाएगी। तुम्हे भी शायद अधिक चाहने वाली पति और बच्चे मिले है।और मेरा भी अभी तक बच्चे और पत्नी भूखे बाहर इन्तेजार कर रही है। जब बिनय व उसकी पत्नी रेशमी को देखा तभी समझ गया था। वह अनजान मिसकॉल वाली और कोई नही कोमल है। ठीक है तुम ही हो मेरी " THE HIDDEN PICTURE ". कोमल : मोबाइल के दूसरे तरफ से हँसते और मुस्कराते हुए हँसी की आवाज निकाली : हा हूं हूँ , खो खो खासते और हँसते हुए और फिर फोन कट कर दी। फिर सभी थोड़े ही दिन में ईश्वर की दुआ से ठीक हो गए और वापस अपने अपने गृहस्थ जीवन को जीने लगे। आपलोगो के पास प्रश्न होगा कि क्या आज भी वह अनजान सी अज्ञात कोमल लड़की राजू को मिसकॉल देती है। तो इसका जवाब होगा : हाँ । परन्तु अब भी फोन भी नही उठाती । राजू के बेटे व बेटी भी बोलती है : पापा मिसकॉल आया है।उसके राजू के पोता भी वही बात दुहराया : दादा जी किसी का मिसकॉल है। राजू दादा एक मुस्कराहट देकर हँसते हुए फिर अपना काम मे लग जाता। क्योकि सबकी ये आदत बन चुकी थी।

अतः प्यार एक त्याग भी होती है। मिलन हो न हो पर अगर दिल मे उसकी याद भी है तो अपनी गृहस्थी जीवन को अपनाते हुए अपनी पूरी परिवार के साथ जिया जा सकता है। बशर्ते आप उसके याद को अपने पर हावी न होने दे। वह जीवित है यही संदेश काफी है।इसलिए जिंदगी

को जीना सीखे ,उसे झेलना नही।बीते हुए समय अगर वापस आता तो इस सृष्टि का संतुलन ही बिगड़ जाता । इसलिए समय के साथ जीना ही अक्लमंदी है।

5

अध्याय : 05 घुमड़घुमड़पलटीहोय (LORI)

" घुमड़घुमड़पलटीहोय "
हूँ.....हूँ...... रेनिंदिया !
काहेरेनिंदिया,
कँहागईलुरेनिंदिया;
सुनरेप्यारीनिंदिया,
हमरीबउआकेनिंदिया।
आरेनिंदिया, आरीनिंदिया;
मेरेबउआकेनिंदिया,
ओप्यारीनिंदिया।
हाथफेंकें, पैरफेंकें,
घुमड़घुमड़पलटीहोय,
तोरेबिनाओयनिन्दिया,
आरेनिन्दिया।
हमरीबउआकेनिन्दिया,
ओप्यारीनिन्दिया।
सुंदरसेसपनादिलाइतेजो,
हमरीबउआकेसुलाइलेजो।
ओप्यारीनिन्दिया,
आरीनिन्दिया;
होहोरेनिन्दिया,

होप्यारीनिन्दिया;
आरीनिन्दिया,
आरीनिन्दिया;
हूँहूँनिन्दिया,
हूँहूँनिन्दिया;
हाँहाँरेनिन्दिया,
होहोरेनिन्दिया;
हूँहूँरेनिन्दिया,
हूँहूँरेनिन्दिया।

BY Ranveer Choudhary (Khimendra)
T.E.I.E.S & T.R.E.E.S SERVICES
GAYA BIHAR INDIA
E-MAIL: teiesgaya@gmail.com
Mob. : 9801712255
EXTRA WORK (CHIEF MEMBER) : THE EVENT IN EVERY STREET
(LITERARY & DRAMATIC WORK MEDIA) AND
T.R.E.E.S SERVICES TRUST (WORK FOR NATURE)
E-MAIL : teiestreeservice@gmail.com
WEBSITE: https://treesservices.in
http://notionpress.com
https://notionpress.com/read/the-earth-time-machine

www.ingramcontent.com/pod-product-compliance
Lightning Source LLC
LaVergne TN
LVHW041715060526
838201LV00043B/751
* 9 7 9 8 8 8 5 5 5 6 9 5 8 *